DUE BROCCHE DE VIOVETTA

CARLO MALINVERNI

Texte et illustration de couverture : © domaine public
Edition : Culturea (Hérault, 34)
Contact : infos@culturea.fr
Retrouvez notre catalogue sur http://culturea.fr
Imprimé en Allemagne par Books on Demand
Design typographique : Derek Murphy
Layout : Reedsy (https://reedsy.com/)

Dépôt légal : janvier 2023

ISBN : 9791041841318

DUE BROCCHE DE VIOVETTA

Son due brocche de viovetta:

a redosso do mûagion

en spuntæ, là, in te l'erbetta,

e të daggo: cöse son

mai pe ti, bella, ste scioî?

ste due brocche? poco ben!...

t'hæ risposto: devan moî

chì, – e ti te l'hæ misse in sen.

Ean due brocche de viovetta...,

cöse son mai? – tûtto... o ninte:

scì, trammezo ä camixetta

gianca, ghe paivan dipinte:

so che ho dito fra de mi,

invidiando a bella sorte.

oh! poeì vive ûnn'öa coscì,

solo ûnn'öa, poi.... vegne a morte.

Ma ûn diamante chi lùxiva

da ciù bella ægua e ciù sccetta,

o t'abbarlûgava: – moîva

in te ûn canto a mæ viovetta;

e a dixeiva c'ûn sospio

chi metteiva compascion:

sêunno bello, ti é svanio...

cöse son mi?... cöse son?...

L'ARTE POETICA

Primma de tûtto, ciappite,

mæ cariscimo Rocco,

de paole cö battæximo

zeneize, – c'ûn bon ciocco

de Portoia o de Prê,

da Mænn-a oppû do Cian...

no piggiâ ûn schincapê,

Rocco, in te l'italian.

Çerto ghe vêu do sæximo,

e ghe vêu do criteio

a no çerne ûn vocabolo,

pe-a gran vecciaja, pejo;

o ûn de quelli de fabbrica,

l'é veo, tûtta nostrâ,

ma che, mæ cäo, de fraoxo

bezêugna mançinâ.

Son pe ûn poeta e parolle

e tinte d'ûn pittô:

sole e slighæ, son sciolle,

ûnie ben, han do cô;

cöran con l'ægua e o vento,

cantan cö roscignêu,

han vitta, han sentimento,

son reciocchi do chêu.

Ma no basta: – o vocabolo

o l'é a materia primma

gh'é poi do verso o nûmero,

gh'é a mûxica da rimma:

segge o tò verso façile,

sensa contorçimenti,

vegne a rimma spontanea

e a no t'allighe i denti:

fanni sempre, arregordilo,

casænga tûtta a strofa:

parolle e versci seggian

d'ûnn-a mæxima stofa:

no se digghe, lezendoli,

che ti hæ fæto cö gran,

nasciûo ne-a tæra ligure

ûn paston italian.

O dialetto o l'ha ûn indole

sò, – comme tûtto a-o mondo:

ti, ne-a poexia, mantegnighea

sccetta, da çimm'-a-fondo.

se no, sæ comme in quæixima

vestise d'Arlicchin,

o a-o son da marcia fûnebre

ballâ o peligordin.

A CANSON DE NATALE

A l'é vegia: - gardetto
mi l'ho sentia cantâ;
mûxica da organetto
ch'a vâ quello ch'a vâ:
ma pûre a me demöa
questa vegia canson,
se a-e öegie a me scigöa,
de questi giorni, ancon.
A l'é in te tûtte e ciasse
de Zena: – e, stæ a sentî
a l'arba: – da-e-terrasse
a fa: – chicchirichì!
e a cöre tûtt'in gio:
se resäta o figgiêu
che ancon mêzo addormio
o fa: – sensa lensêu!
A l'é in te l'aja pinn-a
de neive e... d'açcidenti;
a l'é chì e là: – in cuxinn-a
ve-a mugugnæ in ti denti
scrovindo e cassarolle,
sciûsciando in to fogoâ...
canson sensa parolle
che tûtti san cantâ:
a l'é drento ä pittansa
e in tö gotto de vin,
a l'impe tûtta a stansa
a ven zù da-o camin;

a mette ûn pö de brio

di nostri vegi in sen,

che bevendone ûn dio

de ciù, scordan Staggen:

a piaxe e a l'innamöa

in bocca di figgiêu:

chi vêu tella memöa,

chi ûnn'atra cösa vêu:

che cioccate de man,

che pestellâ di pê

pe ûnn-a fetta de pan

doçe, e ûn marronglaççe!

Döve a no l'é? se l'emmo

sentia de sà e de là:

dunque, allegri! e piggemmo

o mondo comme o va. –

L'é veo, da tûtte e ciasse

se canta sta canson;

l'é veo; ma gh'-é de strasse

che dixan cö magon:

se ûnn'atra votta a-o mondo

ti vegnisci, o Mescia!...

Ti, che t'ei bello e biondo

ti no n'aivi in erlia;

Pe a gente proletaja

no gh'-é ancon remiscion...

e strasse van a l'aja

sempre: – questa a canson. –

NÊUTTE DE S. SILVESTRO

Mëzanêutte: bevemmo! – mi, attraverso

a-o corallo do vin, ammio se trêuvo,

mi poeta impenitente, ûn bello verso

pe l'anno nêuvo.

Demmo in sce tûtto, zù, ûnn-a man de gianco,

e a-o tempo chi é passôu dimmoghe addio;

vortemose, indoentæ, in sce l'atro fianco...

e l'é finio.

Lastime, malûmoî, ragge, beziggi,

lägrime, doî de chêu, troin, lampi, sæte,

comme a rûmenta, passan pe i coniggi....

son cöse andæte.

No gh'é palasso, o casa de caroggio

che no gh'agge a çenetta pronta: - l'öa

chi passa e l'öa chi ven, con sto borboggio,

a ne demöa.

Co-a roba de bordatto o de vellûo,

co-a giacca de frûstannio o co-a marscinn-a

se pensa (intanto ven l'öa do stramûo)

tûtti ä cuxina-a.

Sentî che fô?... sentî che ramaddan?...

Pä che o mondo o no sacce atro che rie;

e che e smorfie do poveo sensa pan,

seggian ... lûçie.

Ma o poveo chi non ha casa ni teito,

e o sente, (lê chi ha famme!) sta caladda,

doman mattin, forse, o troviemo cheito

morto, pe-a stradda.

Ebben?... se cianze?... e cose gh'é ?... a redimme

l'ommo che söfre, che ha freido, che bägia,

ghe pensa... Mi no çerto co-e mæ rimme

davanti ä toagia.

Ma co-a lägrima cheita dentro a-o gotto,

e cö scingûlto chi ne særa a göa,

pe ûn nêuvo mâ, con brasse de zoenotto,

mettemmo a prua.

Pe ûn nêuvo mâ chi porte a ûn nêuvo mondo

va, poveo gosso, drito, sensa temme:

vento in poppa e bonassa! – e chi va a fon-do?...

Forsa co-e remme!...

I REMAGGI

(NINNA-NANNA)

I remaggi en trei vegetti

sensa sosta e sensa arfê;

e sciallâ fan i pivetti

e son boîn comme l'amê...

i remaggi en trei vegctti.

Han trei belli tettæ gianchi,

cöran squæxi comme o vento;

van e van, no son mai stanchi,

no se pösan ûn momento:

han trei belli tettæ gianchi.

Van e van sciù pe-a montagna,

van pe-o bosco, pe-a valladda;

ûnn-a stella a-i accompagna,

e a fa ciæo pe tûtta a stradda:

van e van sciù pe-a montagna.

G'han de tûtto in t'ûnn-a sporta,

tûtto bello e tûtto bon...

dormi cäo, son zà dä porta,

quacci quacci, in aggueiton...

g'han de tûtto drento ä sporta.

Sitto bæ, caccite sotta,

presto sotta, in ti lensêu,

che se no, ghe säta a futta

de sentî cianze i figgiêu:

sitto, bæ, caccite sotta.

Siit!.. ti senti?.. ton... ton... ton...

i remaggi en zà dä porta:

g'han do bello e g'han do bon

pe i figgiêu bravi in ta sporta:

siit!.. ti senti?... ton... ton... ton...

Cäo, doman.... Ma zà o bamboccio

o l'é preizo e ciù o no mescia;

e de bonn-e a fa ûn scartoccio

pe doman, quande o s'adescia,

a mammà pe-o sò bamboccio.

DOMENEGA GRASSA

Ûnn-a votta de sti giorni
gh'ëa pe Zena ûn pö de sciato;
ne vegniva da-i dintorni,
dä rivea ghe fava ûn säto
chi aiva da bûttâse via
quattro södi in compagnia:
e pe-a göa do carrossezzo,
pe passâ a nêutte a-i veglioin,
comme o pescio o va a-o brùmmezzo,
comme cöre l'ægua a-o moin,
camminavan tûtti a Zena
co-a Margaita e co-a Manena.
Che bordello! che borboggio!
che allegria! che ramaddan!
a pûgnatta a l'erze o boggio:
tûtti cöran, tûtti van
zû a derrûo, dosso bordosso,
comme i chen apprêuvo a ûn osso.
Se scordava tûtto allöa,
crûzî, penn-e, diai, malanni;
se ciappava a-o volo l'öa
che da sola a vä mill'anni,
l'öa chi arriva in t'ûn momento,
e poi... scappa comme o scento.
Scappa l'öa... Se m'arregordo
quello tempo zà lontan!...
e no pœì virâ de bordo,
perché m'ha piggiôu de man

ûnn-a brûtta lebecciadda

ch'a m'ha misso fêua de stradda.

Cöse gh'é? - tè! l'öa chi passa

a me fava perde o fî:

çigaa, torna ä tò carassa,

e ripiggia o tò gri-gri:

e se dixan: brûtto verso!

no piggiâ, çigaa, o reverso.

Fa rivive, in mëzo ä noja,

i bordelli de quelli anni;

ti reciamma ä mæ memoia,

fa che vegne meghi e xanni

(tûtte lengue de battoezo)

ûnn-a votta ancon a mëzo:

e cö meizao (cäo malocco)

e cö meizao biricchin

famme ancon sentî ûn reciocco

do vivace strapuntin,

fa che sente in bon zeneize

sbraggiâ: - fæ röso a-o marcheize!

e no manche a cansonetta,

peive e spezie, do paisan,

nè a politica riçetta

do dottö, do ciarlattan,

e me digghe forte a sò

l'elegante dominò.

Quanti amixi, quante facce

che a sò tempo saivan rie!

tipi allegri, belle macce,

aoa tûtte scolorie;

arlicchin, meizai, paisen....

ma!... chi é raozo e chi é a Staggen.

Sorva tûtte a tò figûa

sempre in chêu, Pippo, me ven:

ti batteivi a tûtti a pûa,

ti ei o rè ti di Paisen,

ti fedele scinn-a ä fin

a-e dottrin-e de Mazzin!

Cöse diggo? - l'öa chi passa

a m'ha fæto perde o fî...

çigaa, lascia sta carassa,

no annojâ cö tò gri-gri,

se ti vêu che i scilidöi

no te mettan tûtti a-i löi.

I.

PANTALON

Presto, Ninnetta, mettite

ûnn-a sciô in ti cavelli e quattro gasse,

o ä bell'ä mëgio ingiarmite

c'ûn domino, c'ûn meizao, con de strasse:

da Romanengo accattite

ciccolattin, marroin, diai, ciappellette

pë bocche finn-e – a-o popolo

basta e castagne secche e due vegette.

E mi, comme me maschero?...

da marcheize? da sciö? da rebellon?

o da paisan? – Tè! l'ûnica

l'é immascherâse... scì! – da Pantalon:

da Pantalon, che docile

sempre e paziente, o paga sempre e speize

(lê che co-a famme o litiga!)

de luçie che fa o sciö, che fa o marcheize.

T'hæ dito?... Mia, l'é inutile,

ah! quella mascherata mi no-a fasso....

no son ommo politico...

manco pe bûrla vêuggio fâ o paggiasso.

Presto, Ninnetta, ingiarmite;

no vegnî fêua co-e solite sciortìe:

andemmo! sotto a maschera

no se vedde se a bocca a cianze o a rìe:

E l'ommo sotto maschera

o lûsso o se pêu dâ de fâ ûn pö o moscio;

e nisciûn pêu conoscilo,

scibben che diggan tûtti: "te conoscio!"

Se passa l' "onorevole"

ghe daggo ûn strapuntin, ti... ûn diavolotto:

sciù dunque, Ninna, asbrivite;

e vagghe tûtto o mondo sorvesotto.

E poi? – Levando a maschera,

doman mattin, vosciûa da l'occaxion,

restiâ, Ninnetta creddilo,

doman e doppo e sempre... Pantalon!

II.

O MARCHEIZE

Per Bacco! l'é straniscimo quello che sento e veddo;

e a i mæ êuggi e a-e oregge stesse quæxi non creddo:

veriscimo! son anni... quanti? guardemmo: oh molti,

che non discendo in ciassa: che costûmmi! che volti!

che linguaggio! non trêuvo ciù o dovûto rispetto

a ûn mæ pari, l'inchin profondo... oh! là, cospetto,

che maniera l'é questa? diggo, ûn pö de creansa:

a quanto sembra semmo tûtt'ûn: no ciù distansa

tra marcheize e plebeo, tra nobiltæ e marmaggia...

poscibile che a Zena comande oggi a canaggia?

a Zena dove ûn tempo tûtti o cappello in man

aveivan se o marcheize vedeivan da lontan,

e se doggiava a schenn-a davanti a-o so blason?...

Per Bacco! l'é straniscimo; me tocco se ghe son.

L'è cangiôu tûtto – a mûxica; co-i personaggi a sce-na:...

son ûn pescio fêua d'ægua: – Zena a no l'é ciù Zena.

Bezêugna, in mëzo a questa gaggia de matti, o sento,

o moddo de pensâ cangiâ cö vestimento.

Föse solo per l'abito! – rinunzio a fâ bombæa

de sta marscinn-a tûtta frixi recammi e sæa,

do spadin, da perrûcca, da cöa – tûtto pasiensa!

Ma o moddo de pensâ?... Capperi! o fior, l'essensa,

quello che dà ûn carattere, quello che gh'é de mëgio?

Non sarà mai che ûn nobile veo, do portego vegio,

da-i so antenati o deroghe finn-a a sto punto. – C...o!

Mëgio tornâ in ti fondi do storico palasso.

O sangue blêu o l'ha perso a lite, e oggi o marcheize

o no l'é ciù che ûn tipo... de maschera Zeneize.

III.

O PAISAN

O bello Segnô cäo!

a l'é questa a çittæ?...

questa a l'é ca-do-diäo:

l'é mëgio coscì assæ

e valladde, e montagne,

i bricchi de ca mæ.

Lasciù gh'é de vivagne

fresche che fan bell'êuggi,

fromagge, êuve, castagne;

chi vin grammo di Schêuggi...

v'imbarlûgan duî gotti,

e a barca a va in ti schêuggi.

Oh! che brûtti zoenotti

tiæ sciù co-a cassa-ræa,

che facce da marotti!

Ch'a segge a gran monæa?

co segge o pensamento?

ch'a segge... a canniggæa,

e o troppo daghe drento?

Pre cöse (che no sente

a mæ Tonia) in zûamento,

se vedde çerte fuente,

che pan rêuze in sciö costo

e a passâghe d'arente

se bogge comme o mosto.

MARIONETTI

Ûnn-a votta creddeivo – oh! che bezûgo –

che solo Zane o fesse i marionetti....

se dà, – tûtto dipende da-i speggetti

che ûn costo de viovetta o pagge ûn brûgo.

Allöa, vivendo se pêu dî a taston,

quelle creddeìvo e vee teste de legno:

bräo merlo! bon pe dâ drîto in to segno!

gh'ëa in mi, se vedde, a stofa do coggion.

Sciorbivo tûtto, allöa comme vangelo,

chêu aværto e braççe larghe, ad êuggi streiti;

e sensa sghêuâ due dîe ciù in sciù di teiti,

posso vantame d'aveì fæto cielo.

*

*   *

Chi fasso ûnn-a parentesi, – e d'asbrîo

torno ûn momento a quelli tempi cäi,

quande pappà, mammà, lalle, messiai,

mamme, serve, figgiêu, allevæ e da nîo,

tûtti! – s'andava a zêuggia grassa, a-o teatro

de Vigne: – Zane lì o fava mävegge,

e o fava "per stûpô drizzâ re çegge:"

a-o mondo comme lê trovæne ûn atro!

Che bordello!.... che fô!.... fêua o lùminäio!

sbraggiavan da-o pollâ: – quattro violin

davan drento in ta Bella Giggogin....

paste, bïra, gazêu.... tìæ sciù o scipäio!....

Oh! me sovvegne o sbarco de Marsalla,

e quello mäveggioso Krotokron:

s'aççendeìva platea, palchi, loggion....

bello vedde i pettêu fa: scialla! scialla! –

Chi sa e pêu dî cöse passava in quelle

belle testinn-e bionde tûtte riçҫi,

nîo de baxi, de frasche e de capriççi?....

Fæto l'é che nisciûn stava in ta pelle.

Frexetti e röbettin de tûtti i coî,

dosso bordosso i grendi co-i piccin,

a rinfûza co-e rêuze i giäsemin....

o paeìva o teatro ûn gran masso de scioî,

o mëgio ancor, ûn pessettin de çê

vegnûo zù comme.... comme dî no sô,

degno d'ûn ode de Victor Hugo

che in ta penna o gh'aveiva de l'amê.

*

* *

Ma, cangiando speggetti, ho visto mëgio,

ciù ciæo, ciù netto, ho visto ciù lontan:

ah! poveo Zane, t'han guagno de man?

oppûre, dinni, atro ti no eì che ûn spëgio?

Per cöse, dove vaddo e dove ammîo,

dappertûtto, mi trêuvo bûrattin:

cöro in conseggio? o conseggio o n'é pin:

a Romma, in Parlamento? greminîo.

Tûtt'assemme no pä; – san fâlo ben;

çerto bezêugna ammiâghe pe-o sottî

pe trovâ quello benedetto fî....

ma o gh'é stævene, o gh'é... miæghe ûn pö e moen.

Mëgio a-o caso do peì tornâ, Martin;

a stâ chì no l'é miga ûnn-a demöa....

chi sa che ûn aççidente da quarch'öa

o spasse via baracca e bûrattin?....

SOTTO ZERO

Brrr.... che freido! a tramontann-a
a ne punze a faccia e-e man:
questa chì a l'é ûnn-a boriann-a,
questo chì o l'é ûn tempo can:
semmo a Zena? semmo in Rûscia?
mi, me tocco se ghe son:
uuh….. senti? – uuuh….. comme o sciûscia,
comme o-a fa anchêu da padron!
O ne ven.... chi sa da dove? –
o ne ven da ca-da-pèsta:
bezêugnieiva ëse ûun-a rove
pe affrontâ questa tempèsta
o v'investe, o l'intra, o frûga,
voî corrî, ma lê o v'acciappa,
o v'inghêugge, o v'imbarlûga,
e.... zù! demmo do cû in ciappa.
Ûnn-a man a dâ in te rêue
se gh'azzunze a neive e o giasso;
testa, pê, tûtto ve dêue,
no poeî manco arrancâ o passo:
stæve all'occio! là gh'é ascöso
quarchedûn: – attenti a-e spalle....
pum! – l'ho dito? – o l'é ûn battöso
ch'o v'ha allivellôu due balle.
O foestê pin de pellisse
o sta lì co-e lærfe imböse:
– bonn-e paole e peie nisse –
lê o creddeiva chi sa cöse;

o l'ha fæto sciù a valixe,

e o l'é camminôu spedîo….

– stare molto freddo – o dixe,

raozo, moælo, arrensenîo.

Povee scioî! quante lamenti,

sotto a-o zëo, fan tra de lô!

streppellæ da tûtti i venti

n'han ciù manco ûn pö d'odô:

Ah! m'avesse, – ûnn-a viovetta

diva, spiando, in sce-o terren, –

vëi piggiôu quella gardetta!....

bello, a-o cädo, moîghe in sen! –

In compenso, pe l'artista

gh'é ûnn-a ricca missa in scena:

vegnî all'äto: gh'é ûnn-a vista

ch'a l'incanta: bella Zena

tûtta gîanca! gianche e stradde,

gîanchi i teiti, i orti, i giardin,

e lazzù, lunxi, e valladde

gîanche, e Fasce, e Portofin.

Dappertûtto gianco e sciocco....

che motivi pe ûn pittô!....

Oh! mia chì! mentre tarrocco,

scenta e nûvie, spunta o Sô,

cazze o vento, cessa o zëo,

perde a neive o costiggiêu,

scioisce a cianta, – e tûtti a rëo

emmo Mazzo drento a-o chêu. –

O CONSEGGÊ

Cöse ghe vêu – sentimmo –
pe fâ ûn bon conseggê? –
Comme mi, quando rimmo,
conto s'en giûsti i pê,
contemmole in scë die
e bonn-e qualitæ…..
sensa queste o fa rie
(o cianze ?) i amministræ.
Onesto scinn-a a-o scrupolo
dev'ëse, sorva a tûtto,
chi va a Palassio Tûrsci;
no aveì o panê brûtto;
no ëse, ûnn-a testa vêua;
no ëse commo a castagna
ch'a l'é bella de fêua
e drento a l'ha a magagna:
bezêugna poi ch'o sacce
l'impegno ch'o l'assûmme:
ch'o no l'agge due facce,
comme l'é ûn pö o costûmme.
(Giano o l'insegna troppo
a-i fanæ stando in çimma)
e che o mantegne doppo
quanto o l'ha dito primma:
o no dev'ëse, insomma,
ûn ghindao, ûnn-a ventoela,
ûnn-a balla de gomma,
o ûnn-a brûtta çeniëla

sensa voxe in capitolo,

o ûn bûrattin chi gîa

testa, moen, gambe.... eccetera

segondo Zane o tîa:

no fa bezêugno ûnn'aquila

pe amministrane ben;

e manco voemmo i soliti....

– comme dî? – ciarlatten

(o resto ö canta l'organo)

ch'en solamente boîn

a fâ d'ogni erba fascio,

e tiâ l'ægua a-o sò moîn:

figgio do nostro secolo

o deve capî l'öa,

e che pe çerti articoli

semmo con l'ægua ä göa;

capî che e vegie raccole

han fæto a raxa e a muffa....

se no, ch'o vadde a cuccio,

o ch'o camalle a cuffa:

ûnn'onça de bon senso,

vegnûo dä vitta pratica,

a va, mi aomeno penso,

ciù che tanta grammatica;

azzunzighe due gramme

d'amô pe-o nostro nïo....

remescia tûtto, e damme

ûn conseggê d'asbrïo! –

DA-O CIASSÂ D'OEGINN-A

(X DEXEMBRE)

Gh'ëa tûtto Zena; – zoveni,

figgiêu, donne, messiai,

stûdenti, – insomma, o popolo

o quæ o no manca mai

de sätâ sciù d'asbrïo,

de fa sentî o sò crio

pe-a santa libertæ.

Ah! se s'adescia o popolo

e o sò bon sangue o bogge,

ninte resciste all'impeto,

perché o l'ha e brasse dogge:

o l'ascciann-a, o l'arranca,

o scrolla, o cciga, o scciauca,

o sciacca chissesæ.

Di grendi antighi l'ûrtimo

o s'ëa, frûgando, accorto

che o fêugo sotto a çenie

o n'ëa do tûtto asmorto;

ch'o ciömava aspëtando

che quarchedûn sciûsciando

o fesse repiggiâ.

Comme sæ bello stâsene

– o pensava – a sta sciamma!

Scordase tûtto; i crûzii,

o bando, a vitta gramma,

stâ a-o cädo in to sò nïo

tûtti d'accordio in gïo

a-o nostro cäo fogoâ!
Ah! poveo santo martire,
chi avieiva dito allöa
che a tò bella repûbblica
a sæ andæta in malöa?
che ti finiesci a vitta
solo, comme ûn ermitta,
lontan da casa tò?
Lascemmo queste lastime;
l'é o mondo ûn montechinn-a:
ven poi... sitto! a propoxito
tornemmo là in Oeginn-a,
dove a gente a s'asprescia,
perché quande a s'adescia
a sa fà i fæti sò.
Gh'ëan tûtti, sotta ai ærboi,
a-e rovee do Santuajo,
solite a vedde i luveghi
fratti giasciâ o breviajo,
a sentî o gran cicioezo
che fan andando a vezo
E passoe pe-o ciassà.
Aa testa, biondo, zoveno,
gh'ëa Goffredo Mameli:
de sæa i cavelli morbidi,
lunghi, – i labri duî mëli;
belli êuggi cô do çê,
bocca chi sa d'amê,
chêu grande comme o mâ.
O l'ha o slanso de Pindaro

a forsa de Tirteo,

e s'arsa comme ûnn'aquila

sûperbo o sò pensciëo:

"Dio e Popolo" o declamma,

e comme da ûnn-a sciamma

son tûtti i chêu ascädæ.

O dixe: "no l'é inutile

fâ anchêu questa bardöja,

ché se s'adescia o popolo

se rinnoviâ Portöja,

se o popolo o s'adescia

van i nemixi in sprescia,

van via che pan paghæ.

Chi o l'ëa Balilla? – Davide

ch'o l'ha ammassôu Golia....

Zena pinn a d'Austriaci:

Che l'inse? e c'ûnn-a pria,

scì, c'ûnn-a pria, Balilla

da San Teodoro ä Pilla

o-i ha desenteghæ.

Chi o l'ëa Balilla? – o popolo:

se o sò bon sangue o bogge,

ninte resciste a l'impeto,

perché o l'ha e brasse dogge:

che l'inse? – e o rompe, o ranca,

o scrolla, o ceiga, o sccianca,

grande ne-a sò voentæ!"

PENSANDO A-O NATALE

Dixan ch'o segge ûn giorno
de freido e d'allegria:
gh'é o pan-doçe in to forno,
e o freido o scciappa a pria....
se gh'é ûn parmo de neive
dixe ch'a no fa mâ:
l'é bello mangiâ e beive
scädandose a-o fogoâ.
Ah! o fogoâ d'ûnn-a votta
co-a sò gran cappa e e banche,
che se ghe stava sotta,
co-e barbe neigre e gianche,
demoandose cö fêugo,
co-e mollette e o tisson,
e o poeiva dîse ûn lêugo
de paxe e de riûnion!
O so, vegiûmmi; – devo
mi sta scimpatia matta
forse a Ippolito Nievo,
a-o castello de Fratta
ä sò töre, a-o sò ponte,
all'immenso cammin,
a-o Sandracca, a-o sciö conte...
– ve ricordæ?... – Ma infin
vegnimmo a noî: o l'é ûn giorno
questo d'amô e de paxe:
demmo ûnn'êuggià dintorno;
tûtto l'é carmo e taxe;

e comme ûnn'indolensa

a ciappa tûtti anchêu....

doman.... Mah ! chi ghe pensa

se fûmma o fûmmmajêu?

Addio, crûzii: – in sciö gotto

se conta de lûçie;

scinn-a o vegio, o marotto,

o fa bocca da rie:

va in gïo pe tûtta a stansa

cö vin o bon ûmô;

torna a-o chêu ûnn-a speransa,

ä cëa ûn pittin de cô.

Cosci pâ, pe ûn momento,

che se repigge a sciô

se doppo l'ægua e o vento

spunta ûn raggio de sô....

ah! in casa mæ l'é vêuo,

da-o fêugo, o caregon....

han piggiôu i vegi o sghêuo...

e i çerco.... Dove son?

Ma a lagrima chi cazze

dai êuggi e a ven da-o chêu

(che nisciûn mai l'assazze!)

pêuan sciûgala i figgiêu:

lö solo pêuan fâ questo;

lö ch'en e nêuve scioî:

che se no.... pe do resto....

no sæiva mëgio moî?

Ah! ûn bello risso biondo

e ûnn-a magninn-a gianca....

e fa paxe cö mondo

a nostra anima stanca:

lê o ve liga spedïo,

e o vêu quello ch'o vêu:

Hugo e Praga han capïo

a forsa do figgiêu.

N'ho visto ûn l'atra seja

accoegôu in t'ûnn-a crêuza,

rosso comme ûnn-a meja,

bello comme ûnn-a rêuza;

co-e sò braççinn-e in croxe

desteizo in sciö terren

forse o dinâ da noxe

o s'assûnnava.... Ebben,

no gh'é dinâ da noxe

pe ti poveo innocente:

doman, c'ûn fï de voxe

ûn pö de pan ä gente

ti domandiæ, bamboccio

sensa teito nì oëggê....

ma, gente stæme all'occio:

lì s'ammûggia l'arfê.

NINN-A

NANN-A

Ninn-a ninn-a, stanni quëto,

cöso cäo no fâ o sappin;

særa i êuggi, dormi angiëto,

fa a nanà, bello bambin:

angeo bello do Segnô,

dormi fin che spunte o sô,

angeo bello da mammà....

   na....nà-na....nà....

Sta chì a-o cädo in ta tò chinn-a

comme ûn öxellin da nïo:...

ninn-a ninn-a, ninn-a ninn-a,

mi respïo cö tò respïo:

ti t'é a sciô do mæ giardin,

ti é de læte ûn seggelin,

ti é o demoelo da mammà....

   na....nà-na....nà....

MOSCHE GIANCHE

Comme l'é bello stâsene
tappæ in t'ùn salottin,
a quattr'êuggi, scädandose
a-o fêugo do cammin,
e sentî solo a pendola
e i chêu che fan tic-tac,
e a caffettëa chi brontola
pe-o puncetto a-o cognac,
mentre, de fêua, co-a raffega
arraggiâ comme ûn can,
sciù e zù, zù e sciù, cinciandose
e mosche gianche van,
scorrindose, pösandose
chì e là, ûn pö dappertûtto....
ma scì, ma scì, convegnine,
l'é bello o tempo brûtto:
Vedde ingianchî in t'ùn attimo
a stradda, l'orto, i teiti,
i erboi che pan fantaximi
in ti lensêu ingûggeiti,
sentî che adaxo, adaxo,
s'ammorta o passo zù
pe-a stradda, – dâse ûn baxo,
e no çercâ de ciù:
lascia che i penscei loveghi
se ne vaddan despersci,
sfêuggiâ do Praga e pagine,
lëze quelli sò versci

coscì cai, coscì semplici

e coscì pin d'amò...

"basta ëse in duî, poi, rîtene:

a neive a l'é ûnn-a sciô".   35

BRRR... CHE FREIDO!

Doppo ûnn-a fïa de splendide giornæ

sensa ûnn-a bava d'aja, che se diva:

semmo in dexemhre a mazzo ritornæ?

(ingannâ quarche cianta in sprescia a scioîva)

da ca do diao l'inverno ecco o l'arriva

co-i sò candioti e co-i venti giassæ:

(ûn costo de viovetta anchêu me moiva

e ûnn-a cianta de rêuze, che assoiggiæ

a redosso da mûagia do giardin

creddeivan vedde presto a primmaveja...

Comme ven fïto, tutt'assemme, a fin!)

Segge pronto o vin cädo pe stasseja;

de legne e de fascinn-e in to cammin....

brrr... che freido! - Senti? Sbraggian: o neeeja!...

A ÛNN-A TOÂ D'AMIXI

Sento dî che l'etichetta

a l'ha i brindixi sbandîo:

che a ûnn-a töa che se rispætta

fâ di versci l'é proibîo,

l'é proibîo fâ da caladda

comme fa a gente de stradda.

Sento dî tante atre cöse

che me tocco se ghe son:

stæmo lì co-e lærfe imböse

a fâ dunque a digestion?

pe no paeì tanti deslögi

stæmo lì comme bacögi?

E dî ûn pö, se, (Dio no vêugge!)

ne-a combricola gh'é ûn poeta?

Meschinetto! de recchêugge

due cioccate lê o s'aspëta.

E o l'aspëta a balla a-o botto

co anscietæ, pe andâghe sotto.

Çerte regole farçie

no son pan pe-i nostri denti:

semmo chì pe mangiâ e rîe,

pe vortâse a tûtti i venti,

comme voemmo, sensa gena,

comme han fæto sempre a Zena.

Mi zeneize risoræo,

ammo in tûtto a libertæ;

diggo forte e diggo ciæo

che a-o vestî de societæ

preferiscio ûnn-a cacciêuja,

comme a-a buzza l'ûga mêuja.

Mentre c'ûnn-a gran bazinn-a,

camminavo a-o Rasccianin,

di ûn pö voî chi s'avvixinn-a,

proprio zù in to caroggin?....

A mæ mûsa portoliann-a,

gianca e rossa, fresca e sann-a.

Legia comme ûnn-a cardænn-a,

tùtto o giorno a va in giandon,

aoa a-o Mêu, ciù tardi ä Maenn-a

sempre in çerchia da canson;

lê a me mette – oh! che contaggio –

in te moen questo sûnaggio.

L'é pe lê, pe sta battuza,

che pe-o primmo rompo o giasso:

no-a veddeì, perché a sta ascöza:

a tia o sascio e a sconde o brasso;

a l'é lê ch'a fæto l'êuvo,

e son mi che canto e.... schêuvo.

A l'é stæta ûnn-a pensata

a segonda fâ de cangio,

e a meitieiva ûnn-a cioccata:

zà, mi quande beivo e mangio

con di amixi.... che disastro!

a se m'arve sensa inciastro.

Lasciæ dî che a l'é tûtt'ûnn-a,

tanto semmo in Carlevâ

acciappemmo sta fortûnn-a,

no se stemmo a ammagonâ,

d'ëse in tanti vegi amixi,

mëzi calvi e mëzi grixi.

Beivo dunque e invito a beive

tûtti quanti a l'amistæ:

Sentî? fêua ghe sa de neive,

chì, a redosso, pe chi ha sæ

gh'é do döçe e de l'amäo,

tûtto vin che dà l'aväo.

Beivo torna.... e a beive invito.....

tûtti, sciù! c'ûn bello: evviva!

chì, bottigge e gotti, fîto....

piggia lampo a comitiva....

e mi täxo perché sento

che a pä a föa zà do Bestento!

A-O FÂ DO GIORNO

Gh'é in te l'aja ûn odô

bon, san de primmaveja:

chì e là spunta ûnn-a sciô;

o tempo o l'é in candeja,

e pä che tûtto rie,

o monte, a valle, o çê,

e mûage, e ville, e prie,

e.... i caroggin de Prê:

ä mattin, de bonn'öa,

quande fa bon dormî,

o merlo zà o scigöa,

e a passoa a fa cî cî;

l'é ancon neigro o levante,

e da-i erboi, da-e gronde,

da mëzo a tûtte e ciante

se ciamma e se risponde:

chi risponde? chi ciamma?

chi zêuga a scondillô?

chi va de fêuggia in ramma

dando o bon giorno a-o sô?

chi monta sciù d'asbrïo?

chi se calûmma? chi

porta ûnn-a paggia a-o nïo

e ha ûn gran da fâ e da dî?....

O l'é ûn remescio e ûn gran

fru-fru d'äe: - ma chi pêu

tradûe o verso che fan

frenguelli e roscignêu?

finch.... zist.... o merlo poi

in bon zeneize o fi-

schia: Baciccia di cöi

Baciccia vegni chì!

ÛNN-A GITA A-O MONTE

Ah, chì almeno se respïa!
a fa ben quest'aja finn-a;
anchêu son ciù regaggïa;
säto e ballo, e a viovettinn-a
çerco e chêuggio, e poi ne fasso,
cäi scignori, ûn bello masso:
ah, chì almeno se respïa!
A fa ben quest'aja finn-a:
quest'ajetta de montagna
a recuvea: sta mattinn-a
a l'é proprio ûnn-a cocagna:
anchêu tocco o çe cö dio;
cöro e canto, säto e crio:
a fa ben quest'aja finn-a!
Anchêu son ciù regaggïa,
e me sento ciù appetitto;
chì nisciûn anchêu me cria,
chì nisciûn me dixe: sitto!
chì nisciûn dixe: a, b, c;
solo a passoa a fa: cì, cì:
anchêu son ciù regaggïa.
Çerco e chêuggio a viovettinn-a,
scöro o grillo, acciappo a grigoa;
da ûnn-a verde rammettinn-a
de castagna, taggio a scigoa;
cöro dietro a farfalletta,
m'arrûbatto in sce l'erbetta....
çerco e chêuggio a viovettinn-a.

Ah, chì almeno se respïa!

chì gh'é ville, boschi e proeì:

gh'é l'amandoa e a sëxa scioïa,

gh'é l'ostaja coi sûnnoeì;

là gh'é a gëxa e i cappûççin,

ciù de däto Cianderlin…..

ah! chì almeno se respïa.

DA SAN BARNABA

Di çiprcssi, ûnn-a croxe
de legno, ûnn-a gëxinn-a
di fratti: – ûnica voxe,
de seja e de mattinn-a,
quella do campanin
ch'a se perde lontan
cö vento: – din din din,
dan dan... dan...
In sciö scciarî de l'arba,
de votte, pe-o ciassâ
ûn cappûsso, ûnn-a barba,
ûnn-a testa razâ,
ûnn-a bocca chi sbatte
con ûn fâ da indovin
ammiando o tempo:.... ûn fratte
cappûççin:
di strazetti, de crêuze,
di sentê; poi, de ville
pinn-e de sô, de rêuze,
d'oive, de cöi, – tranquille,
comme addormie: ûn öxello
o dixe o sò rondò:
fa l'ægua d'ûn rianello:
glò....glò....glò....
in fondo, ûnn-a gran scena,
degna d'ûn gran pittô:
comme in t'ûn vello, Zena,
Zena pinn-a de fô,

ch'a l'anscia, ch'a respïa

comme chi é forte e san,

che, sûperba, a l'ammïa

là - lontan.

IN SCIÖ FÂ DA SEJA

Andæ da-i cappûççin
quande va sotta o sô:
che flauti! che ottavin!
che mûxica! che fô!
ûn sghêuo.... ci ...ri...ci... l'ûrtimo,
no, ûn atro - ûn barbacïo…
l'é l'öa.... l'é l'öa d' andâsene….
ci.... ri…. tûtti in to nïo.
Chi va ancon sorva a gronda,
chi se cincia in sce ûn rammo:
crii….. crii…. crii…. fan a rionda,
fruu.... via tûtti: o l'é ûn sciammo;
a l'é ûn'ombra, ûnn-a nûvea
chi passa, ûn coro, ûn crïo....
l'é l'öa, l'é l'öa d'andâsene....
ci.... ri.... tûtti in to nïo.
L'é sotta o sô: pe l'aja
no gh'é ciù ûnn'aa chi sghêue:
adaxo adaxo a mûxica
a cessa.... a bägia.... a mêue:
trammëzo a-e ramme e a-e fêugge
no se sente ciù ûn pïo....
cazze a nêutte, e a l'inghêugge
i çipressi d'asbrïo.

A NÊUTTE DE NATALE

(I SPEGASSO)

In casa no gh'é ûn can; – tûtti pe-a stradda:

ommi, donne e figgiêu, vegi e zoenotti,

tûtti a rëo, son de fêua pe fâ caladda:

in casa, no ghe resta che i marotti.

S'arrûxenta in te béttoe di gren gotti:

a röba in te bûtteghe ä dan de badda?

Tûtti han pë moen di gruppi e di fangotti....

Cöse arriva? – a tempesta con l'aggiadda?

Ninte! – o l'é ûn sciammo de battuzi con

coerci, scigoeli, sûnaggin, chitäre....

Basta fâ ramaddan, tûtto l'é bon!

Ciarlatten, repessin, negiæ, fanfare,

diai, malanni pe-e ciasse – ûn preboggion,

libbri, öfêuggio – so mi!? – strasse, fucciare!...

O GIORNO DE NATALE

(II SPEGASSO)

Dixe o messiavo: – ancon solo due dia

de quello barbaresco cö pessigo:

o s'impe o gotto, e, mentre o se l'ammïa:

"o mette a posto o chêu da vegio amigo.

Scin che questo o me tegne compagnia

do mûggio d'anni no me importa ûn figo;

che bello vin!... che cô!.. comm'o s'asbrïa!..

viva!.. sento che torna o vigô antigo".

Intanto o çeppo o brûxa in to cammin:

äto duî parmi, biondo comme o gran,

säta e balla pe-a stansa ûn biricchin:

chi ciöma a-o fêugo, chi fûmma, chi beive;

veddo ûnn-a man chi çerca ûnn'atra man...

fêua, se prepara ûnn-a chêutta de neive.

LETTERA

PE L'ÛRTIMO DELL'ANNO

Cäo Feliçe, ti creddi ti forse

che no pense all'amigo lontan?

che l'affetto o s'ammerme, o s'ammorse,

perché a penna de ræo piggio in man?

Mi pensavo che ciù d'ûnn-a sbornia

fæta insemme a dovesse bastâ...

ma ti in cangio ti vêu che a sanfornia

dell'affetto mi sacce sûnnâ.

Ecco chì, t'ë contento; – ma cäo

mæ Feliçe, che grammo sûnnôu!...

tûtt'assemme, scì, piggio l'aväo,

ma poi, tè! – n'ho ciù manco de sciôu.

Cäo Feliçe, son vegio, ûn rauzûmme

tûtto spinn-e vegnûo comme ûn zin....

se gh'ëa poco, aoa ninte; – pao ûn lûmme

con poco êujo, con poco stûppin.

Vaddo in gïo pe-a çittæ comme ûn nescio,

pin de noja e de lascimestâ....

Mangio e beivo, m'addormo e m'adescio,

me pâ lovega sempre a giornâ:

vaddo in gïo pe-a çittæ, pendo o collo,

no so ciù cöse segge o piaxeì....

cöse dixe o proverbio? – o l'é sciollo?

ah! che o vizio se perde cö peì....

Che peccôu! zù pe-a stradda se vedde

de zoenotte che fan resätà:

a l'é cösa, cäo mæ, da no credde,

di çerti êuggi che fan deslenguâ:

êuggi cäi, no ve tocche o mandillo,

êuggi cäi, cô do çê, cô do mâ,

pin de vitta, de fêugo, d'axillo,

êuggi cäi... ma mi ho perso o scigoâ.

A l'é crûa sentî l'ægua chi canta

fresca e viva sätando pe-i rien,

e no beive: – a l'é crûa in sce ûnn-a cianta

vedde a rêuza, e no ascondila in sen.

Mah! ûn atro anno o l'é andæto, portando

via con lê quante gh'ëa ciù de bon:

a mæ barca a fa ægua, a va in bando,

senza veja, nì bûscioa e timon:

finché ûn giorno ûnn-a raffega ä cacce

in ti schêuggi desfæta a marçî,

e a sto mondo nisciûn mai ciù sacce

dove diascoa a l'é andæta a finî!

COMPÂ!... COMÂ!... NISSÊUE!...

– Quande o vegniâ? – Vedemmo.... femmo i conti.... d'arvi,

insemme ä viovettinn-a, insemme a tûtte e scioî.

E, cöse o sâ? – Ûn masccetto – s'augûrava mæ sêu...

O ûn masccetto, o ûnn-a figgia, – ch'o segge cöse o vêu,

poco importa, dixeivimo poi tûtti; – l'essensiale

o l'é ch'o vegne presto, che presto in queste sale

se ghe sente ûn profûmmo nêuvo, e ûnn-a voxetinn-a

ch'a ne consolle tûtti.... Diggo ben, Clementinn-a?

E aspëta... e aspëta... ed ecco finalmente o l'arriva,

e o l'é proprio ûn masccetto. – Evviva! evviva! evviva!

E o l'é fëo perdiesann-a; o l'é fëo comme l'aggio:

bell'ometto, di ûn pö, – comme o l'é andæto o viaggio?

cöse son quelle smorfie che me fæ, biricchin?

Ûnn-a goâ voriesci voî forse de tettin?

l'appetitto o ve serve me pâ... L'é segno bon,

tettæ, vegnî sciù grande e grosso.... ma no mincion;

vegni sciù grande e grosso, seggæ a consolasion

de chi v'ha misso a-o mondo, e ne-a vostra affesion,

(me sentî cöso cäo?) e ne-a vostra riûscïa

ha tûtte e sò speranse ciù belle.... e coscì scïa.

Ma zà capiscio che questo mæ discorsetto

bezêugna che ve-o fasse, nevveo? fra quarche annetto.

Aoa, no seì che ûn mûggio de strasse e de fasciêue:

o Segnô o ve benighe – Compâ!.... Comâ!.... Nissêue!....

CAMPANN-E

DE PASQUA

Lûxe o sô: che bello giorno!

semmo a Pasqua tûtta scioia:

tûtti anchêu se dan dattorno

pe fâ incetta d'allegria:

no sentî che ramaddan?

o l'é ûn bosco de baccan?

din don dan, din don dan.

Pasqua a l'é de tûtte e feste

a ciù allegra, a l'é a ciù cä:

o çê limpido, celeste,

o proû verde, bogge o mâ;

se n'é andæto o freido can,

e l'é o tempo sciûto e san:

din don dan, din don dan.

Dappertûtto spunta fiori

dove gh'é ûn pö de terren;

(o l'é ûn poema de colori)

chi se-i mette in testa e in sen,

e chi n'ha ûn carego in man

e se-i porta in to mezzan:

din don dan, din don dan.

Semmo a Pasqua tûtta scioia,

bella comme ûnn-a spozâ:

ûnn'ajetta se respia

fresca, bonn-a, imbarsamâ:

i zoenotti e e figge van

pe-i sentê dandose man:

din don dan, din don dan.

Presto torta, çimma pinn-a,

agnelletto, êuve, leitûga:

che remescio in ta cuxinn-a!

pésta, impotta, fa, pacciûga:

metti töa, damme ûnn-a man....

e d'arente e da lontan:

din don dan, din don dan.

Ma vortemose inderrê:

comme cangia a bella scena!

gh'é de case pe-i sestê

(che verghêugna ancon pe Zena)

streite, basse, senza sô....

li, no gh'intra o bon ûmö:

ûnn-a strêuppa de figgiêu

chi domanda ûn pö de pan:

che miseja! cianze o chêu:

e doman?.... e poidoman?....

no ghe n'é drento a-o bancâ

ni da pésta e da péstâ.

*

* *

Ûn profûmmo de viovetta

o l'é quello da Caitæ:

ah! che Pasqua benedetta

se aggiûttiemo sti scordæ:

quande porze a nostra man

a palanca, a carne, o pan....

din don dan, din don dan.

VERSO A LÛXE

Ebben, a dîlo no pä miga vëo!

A questi tempi, gh'é da gente ancon

che a discorrî do libero pensciëo

ghe ciappa ûn barlûgon.

e tremman tûtte, comme a-o ventixêu

tremma a fêuggia dell'arboa: in veitæ, fan,

ciù che atro, compascion: - coscì i figgiêu

han puia do barban:

pe sta gente. a parolla "libertæ"

a porta drito drito a cà do diao:

arreixæ a-o schêuggio do "fava mæ poæ"

"dixeiva mæ messiao"

lö no vêuan che s'illûmine o sentê;

e se veddan chì e là quarche barlûmme,

se dan dattorno, co-e moen e co-i pê,

a fâ da moccalûmme:

lö, vorrieivan che a mente, che o çervello,

lö vorrieivan che l'Ommo chi é nasciûo

pe-a libertæ, innorbïo comme ûn frenguello,

o stesse sempre a-o scûo,

e ch'o l'andesse in gïo sempre a taston,

comme ûn figgiêu quando o zêuga all'orbet-to:

cöse importa s'o pigga ûn strambaelon?

ghe son lö a dâ braççetto.

Ma o tempo l'é passôu che Berta a fiava:

aoa, sta gente a l'ha perso o scigoâ;

no gh'é ciù a-o mondo ûnn-a testa de rava

che a-o scûo vêugge restâ:

e libero o penscïeo – ninte ciù o ten –

o vêu da lûxe e o va, – cö stesso amô

dell'aquila, che s'arsa in äto ben

co-i êuggi fissi a-o sô.

PE -O X MARSO

Fa ti ascì comme Cristo; smêuvi a pria

c'ûn ronson; säta sciù dä seportûa;

vegni, ma presto, perché se derrûa,

e solo ti ti pêu fâla finia....

Ti no sæ ninte? – gïa che te regïa,

anchêu in battûa, doman in rebattûa,

ma sempre in sciö candê, sempre in figûa,

a l'é ancon quella mæxima genia:

genia fæta d'intrigo e d'ambision,

sciammo de parassiti e ciarlatten,

da inciodâ, comme Giano, in sce ûn lampion.

Vegni.... ma no vegnî, no te conven:

lö sæivan boîn de mettite a-o landon....

dormi, no t'addesciâ, dormi a Staggen. –

GOÇÇE DE SANGUE

22 Gennaio 1905.

– Ma cöse l'é che vêuan?

perché a cria sta marmaggia?

nascian, stentan, e mêuan:

ghe n'é assæ pe-a canaggia.

Cöse?... diritti?... in Rûscia?...

en matti da ligâ:

no! no! no! – barbasciûscia!...

manco stâne a parlâ. –

Nicolla, a n'é a manëa

da raxonâla anchêu:

senti: – monta a marea:

ommi, donne, figgiêu

n'en ciù comme ûnn-a votta.

ti ti creddeivi ancon

de fâ ballâ a marmotta?

ah, va là...... demoelon!

Täxi e söfri, – ä fin ven

che se n'ha pin e c....ge;

e l'é zà bell'e ben

ch'a bogge, a bogge, a bogge....

l'ægua boggindo forte

a caccia sciù i coverci,

e o vin.... o vin o sciorte

dammëzo a-e döghe e a-i çerci.

Söfri e täxi; – a cadenn-a

rebella, – porzi a faccia

a-o scciaffo, – doggia a schenn-a, –

baxa a man chi minaccia

cö naigaka e o staffî, –

cûrvite in ta miseia,

e seggi pronto a moî,

se vêuan, lazzù, in Scibeja,

rinunzia ä dignitæ

anchêu, doman e doppo,

ven che poi se n'ha assæ,

e che se cria: – l'é troppo!

l'é troppo, e basta! – Monta

ûn maoxo d'odio a-o chêu,

e.... Morti chi ve conta?....

ommi.... donne.... figgiêu.....

L'é freido, fiocca, fiocca....

pinn-a de macce rosse

l'é a neive gianca e sciocca:

Nicolla, quelle goççe

no van ciù via, no van

no van ciù via: – coscì

a e aveìva in scïa man

a tragica Lady.

Quante son?.... dexe ?.... çento?....

son mille ?.... dexemìa?....

ma o scingûlto, o lamento,

a smorfia de chi spia,

e de chi vive ancon

a lägrima, o sospïo

serræ in t'ûnn-a canson,

o manda Gorki in gïo.

Gorki poeta da steppa,

da santa ribellion...

Co-a corte ah! no se treppa;

lê a soffoca a canson:

Scî? ti ti voeivi fottine?

– dixan – ti no ne sciorti;

sciù, grandûcchi, mandænelo

vivo ä "casa di morti".

GIORNÆ DE SÔ

Sensa ûnn-a nûvea o çê, netto, tûrchin;

l'äja tepida, sann-a, profûmâ:

o baxa i schêuggi, o bägia in sce l'aenin

quæxi sens'onda, sensa maoxi o mâ:

tûtti i monti da Vötri a Portofin

son spassæ pan sciortii da ûnn-a bûgâ...

che bello sô! pâ, intrando pe-i barcoin,

ch'o digghe: – no l'é tempo de ciömâ. –

Fortûnôu chi ha duî parmi de terren:

se sappa l'ortiggiêu, s'alliama a villa,

se canta, se scigöa, se va e se ven:

gh'é quarcosa in te l'aja che recilla,

che recuvea, che piaxe, che fa ben....

brilla o çé, brilla o mâ, l'anima a brilla. –

CARABINÊ

ZENEIXI

Ean quaranta, – ma vaivan pe çento:

e l'é ben sovvegnîsene anchêu:

ëan quaranta, – ma aveivan l'argento

vivo addosso, – e ûnn-a fede in to chêu.

Pochi e bûlli; – con l'anima pinn-a

de coraggio, de forsa, d'ardî:

sò sûperbia: – puntâ a carabinn-a

e sparâ – sensa colpo fallî.

In sciö prôu là, da-o Stanghe, e pei monti

s'ëan vegnûi preparando coscì:

Garibaldi o g'ha dito: – seì pronti? –

Generale – han criôu – semmo chì!

Zù pe-a stradda d'Arbâ, tûtta reûze,

tûtta ville e palassi e giardin

spanteghæ, quæxi ascözi, pe-e crêuze

comme nii, comme verdi göghin,

quella seja de Mazzo, i Quaranta

zù pe-a stradda d' Arbâ se ne van:

gh'é chi ciarla, chi fûmma, chi canta....

tûtti ammian….. cöse?….. dove?….. lon-tan!

L'é vëo pochi; – ma pochi çernûi,

tûtta gente che sa o fæto sò;

se sentivan con Mosto segûi:

comandante ciù fëo mi no so:

êuggi fin, barba neigra, ûnn-a faccia

da servî da modello a ûn scûltô:

pin de chêu, sensa puïa, sensa maccia…..

degno o san d'ëse o primmo fra lö.

Garibaldi o-i ciammava: – i mæ bravi

boîn zeneixi: – tra lö gh'ëa ûn pittin

di fighæti a ûzo Canzio, a ûso Savi,

e Bûrlando e Belleno e Dapin

e Sartoio e Gallian, – e via via,

tûtti zoeni de sò obbligasion:

pöso e chêu: ma a campagna finia,

se i contemmo, oimemi! quante son?

Dixe: – véddei chì e là, derré a ûn costo

a ogni colpo ûn borbon peccettâ!

Vedde quella gran barba de Mosto....

chi l'ha visti no i pêu ciù scordâ.

Chi l'ha visti sätâ sciù d'asbrïo

comme tanti farchetti, e poi zù,

zù pë ligge e pei bricchi, – c'ûn crïo:

Garibaldi! – no-i scorda mai ciù.

Dixe: – e gh'ëa Carabelli ch'o-i caccia

con di squilli che son staffilæ,

son preghea, son comando, minaccia,

son a voxe affannâ d'ûnn-a moæ.

Ean quaranta, – ma vaivan pe çento;

e l'é ben sovvegnîsene anchêu:

ëan quaranta, – ma aveivan l'argento

vivo addosso, – e ûnn-a fede in to chêu.

DUI SUNETTI AGREDOSCI

I

Amigo, doppo tanto boggi boggi

ti piggi – a no pä vëa – o Segnô da-e bonn-e,

e vegio peccatô ti t'inzenoggi

pentio, pregando o çê ch'o te perdonn-e:

ti lasci perde i soliti caroggi

pe-a stradda meistra, che e brave personn-e

a porta ä sarvasion, e ti te doggi

comme ûn can ch'o l'ha puïa ch'o se bastonn-e:

ûnn-a botte a doveiva ëse a tò fin,

e no, tremando d'aveì l'ægua ä göa,

o leppego do santo beneitin:

meschin! – lasciando o fâ de me n'impippo,

trammëzo a e gambe ti t'é misso a cöa

a moen zunte davanti a san Filippo!

II

Capiscio! gh'é de mëzo o tò figgiêu,

poveo bæ, poveo Tito, povea sciô

finalmente arreixià in te l'ortiggiêu,

speransa ûnica Vostra, ûnico amô:

o so, Françesco, o so: fa cianze o chêu

vedde ûn angieto in letto, sensa cô,

sensa vitta, patïo: l'é vëo; ma anchêu

delûvia.... ebben? – doman, tè! spunta o sô!

spunta o sô, e a tò cianta a se repiggia,

e a ven sciù bella, fresca, regaggïa....

sciollo chi avanti o tempo se beziggia!

dunque, coraggio! – no l'é brûtto o diao

comme se-o finze a nostra fantaxia,

e o doçe o l'é ciù bon doppo l'amäo!

64

IN CANTINA-A.

Son torna chì da-o Pippo, perché in te çerti ötoi,

no so comme a se segge, mi me ghe trêuvo ben;

chì mi me scordo i crûzii da vitta, e poi.... e poi....

gh'é ûn insemme de cöse bonn-e, chi me conven.

E metto in primma riga, comme l'é o mæ doveì,

o prinçipâ, degniscima personn-a: o sò bon chêu,

(chêu grande comme o mâ) voî tûtti o conosceì,

e no fa de mestê chì decantâlo anchêu.

Ve-o lì l'amigo Pippo, ch'o no pêu stâ in ta pelle,

che a tûtti o dixe «grazie» e o strenze a tûtti a man,

e destappando o dixe: queste chì, son de quelle

che tegnan l'ommo allegro e che o conservan san.

A lê dintorno comme.... comme ûnn-a gran famiggia,

veddo ûn sciammo d'amixi: ma che amixi! – no son

de quelli che ve capita pe campanâ a bottiggia,

e solo quando o tempo o s'é misso in sciö bon:

tûtti amixi çernûi, tûtti passæ a-o siassetto,

tûtti de vintiquattro caratti, senza tâ....

con tanti amixi intorno, Pippo, ti t'é in to netto,

ti pêu dormî tranquillo, a no te pêu andâ mâ.

Demmo ûnn'êuggiâ chì in gïo: – che vista chi recilla!

che allegria de bottigge!... àmoe.... gotti.... piron....

pernixôu, gianco, neigro.... o scciûmma, o mussa, o brilla....

e o scûggia che l'è ûn gûsto zù pe-a göa: – bon!.. bon!.. bon!..

ö sbraggio forte: bon! che tûtto Zena sente,

da-o Mêu scinn-a a Portöja, da-a Chêulloa scinn-a a Prè…

corrî tûtti, Zeneixi, primma che ûn aççidente

o no ve porte via, o ûn fulmine do çê.

Do resto, amigo, o brindixi o dixe: – vento in poppa,

vento in poppa e mâ carmo: fille o tò bregantin

sempre cö stesso carego: – no porriâ di ûnn-a stoppa

chi diâ: là, se ghe beive ûn bon gotto de vin.

Allegri! evviva! impîme, impîme o gotto e l'àmoa:

tocchemmo, sciù! tocchemmo: ti e mi, cic-ciac, mi e ti....

che bella cösa, amixi, (no se patieìva a càmoa)

poeî vive giorno e nêutte cö gotto in man... coscì!

FÊUA DE PORTE

G'ho ûnna-a bella casetta chì vixin,

fêua de porte, a duî passi, ch'a pä ûn nïo;

tûtt'ingïo quattro parmi de giardin,

fiori, fêugge, äja bonn-a tûtt'ingïo:

no se vedde nisciûn, no gh'é ûn vexin,

in tûtto o giorno no se sente ûn crio....

uh! uh! - uh! uh! - se dixan dui piccioin,

e mi i veddo, e mi i sento, e mi sospïo.

Sospïo e penso: se a gh'é foîse lê

a fâ o verso a-i piccioin e a-i roscignêu,

a pestâ quest'erbetta co-i sò pê;

a zûgâ a scondillô comme i figgiêu,

e scorrîse e ciammâse, e quande in çê

spunta e stelle.... cacciâse in ti lensêu!

FRASCHE

DE MAZZO

Tûtt'assemme, addio paxe!
lê o passeggia e o scigöa,
l'atra a recamma e a taxe,
ma a l'ha o scingûlto ä göa.
De sott'êuggio o l'ammia
quella sò cäa testinn-a;
o va o ven, o sospïa,
o torna, o s'avvixinn-a,
e a bassa voxe o-a ciamma
con nommi da figgiêu;
lê taxendo, a recamma:......
comme ghe batte o chêu!
tic-tac, tic-tac, – o-a tocca
con man chi sa fâ e frasche
poi, o ghe baxa a bocca,
o collo, i êuggi, e masche.
– No e no!.... mai ciù!... no fasso
paxe.... – e a se punze e dîe.....
ecco, l'é rotto o giasso,
e a fa bocca da rie.

ZENA VEGIA

Me piaxe a vegia Zena, – dove se trêuva ancon

comme ûn sentô da muffa do tempo; – dove son

palassi e case, quæxi sens'äja e sensa lûxe,

che çerto s'arregordan dell'Abbôu e do Dûxe:

cacciæ là pe-i caroggi, son freide e alluveghïe....

ma, quanta Storia contan quelli moîn, quelle prïe!

Da quelle mûage vegie, sgrezze, smangiæ da-o mæn,

da-e colonne, da-i porteghi, da-i barcoîn, da-i abbæn,

da-i marmi gianchi e neigri, che spariscian man man,

sento comme ûnn-a voxe chi vegne da lontan;

e i battuzi de færo muæ ancon da-e barconee

fan vegnî in mente i guarda-ciusme, e remme, e ga-lee....

L'é bello, quande Zena sotto ä lûxe tranquilla

da lûnn a a dorme, e ninte mescia, e nisciûn ciù silla,

andâ, soli, fûmmando, pe-a çittæ vegia, e o passo

fermâ a sta porta, a quella gexa, a questo palasso:

pä che da çerte sale, ricche d'affreschi e marmi

m'arrive a-e oëgie ancon quæxi ûn fracasso d'armi.

e mentre a sto fracasso mi l'oëgia avido porzo,

chì me fa segno ûn pûtto, là me ciamma ûn San Zor-zo,

ûn pö ciù in sciù ûnn-a lögia divisa a colonnin,

sotta ûn bassorilievo, lavoro do Gaggin,

in ti fraveghi o Piola.... Poveo Piola, ûnn-a man

vile, a smorsava tanta lûxe d'arte in Sarzan!....

A ogni canto, a ogni gommio de stradda, ûnn-a me-moja:

ecco i Grimaldi e i Spinola e i Cattaneo, ecco i Doja.

Oh! comme nette, – e semplici linee de San Mattê,

staccan da-o fondo e spiccan sotto a cappa do çê!

Oh! o l'é bello San Loenso – in te quell'öe piccinn-e –

sensa paolotti, sensa prævi, sensa beghinn-e!

DA-O GARBO

Che recanto, che nïo, che cäo goghin!
che scito pin de sô, verde, tranquillo!
bello de giorno, bello de mattin,
bello de seja quande canta o grillo:
e questo vin nostrâ, questo bon vin
fæto in sciö posto, cô dell'öu, che axillo
ch'o fa vegnî! – beneito o bottexin,
beneita a spinn-a che g'ha misso o Gillo,
e a vigna e l'ûga e i pê che l'han sciaccâ
e l'amoa e o gotto e i anghœsi da cantinn-a,
chi l'ha bevûo, chi o beive e chi o beviâ.
Cöse me piaxe questo montechinn-a,
questi erboi de castagna e questo riâ,
e tûtta sta magnifica collina-a!

IN MORTE D'ÛN CANAJO

(Imitazion da Catûllo)

Lugete....

Ommi, donne cianzeì, desfæve in lägrime;

che disgrazia, oimemì! che grosso guajo:

o l'é morto, o l'é là in ta gaggia, redeno...

povea zoenotta! sensa o sò canajo.

Sentîla ûn pö s'a no v'arranca l'anima:

a dixe ogni pittin c'ûn gran sospïo:

ah, che ghe voeivo ben ciù che a mi mæxima!

ah, che me l'ho allevôu piccin, da nïo! –

Perché, bezêugna convegnîne, o scimile

o no se trêuva a-o mondo: – eì bello dî:

coscì cäo, coscì vispo!.... e quella mûxica?

quella göa?.... ciricì ciricicì,

cicicicicicìii... che pä imposcibile

ch'o no s'arvisse: – o ghe sghêuava da-e moen

in scë spalle, in sciä testa, – e poi zù, punfete,

c'ûn crïo d'amô o se ghe bollava in sen.

Ghe mancava a parolla: – e con che gaibo

o ghe beccava in sciä bocca o pignêu!...

e aoa o l'é là, là in ta sò gaggia, redeno,

e aoa o no canta ciù: – che dô de chêu!

Ti picchi abbrettio, morte, sensa sæximo,

e o danno che ti fæ ti no conosci:

cöse t'hæ guagno questa votta? – avvantite!

gh'é duî belli êuggi da-o gran cianze rosci...

AUFF!!.....

L'é bello e fa piaxeì con ste giornæ,

con ste giornæ de cädo e sô in lion,

stâsene in casa, ben desbandellæ,

sensa gena nisciûnn-a da-o barcon:

stâ lì, sensa pensciei, sensa voentæ,

scordâseghe in sce quello caregon;

sfêuggiâ ûn libbro, fûmmâ, quande s'ha sæ

aveìne in fresco ûn gotto do ciù bon.

L'é bello passeggiâ pe-i caroggetti,

a l'Accasêua l'é bello passeggiâ,

e andâ a-o caffè d'Italia pe sciorbetti.

L'é bello tûtto, ma, pe no sûâ,

a mëgio a l'é, se voemmo ëse ûn pö sccetti,

andâ in sciä spiaggia e lì.... fottise in mâ.

SOTTO VOXE

O mottetin de sûccao, mæ pestûmmo,

fiocco de neive, giglio, giäsemin,

ti no veddi che brûxo e che consûmmo

a-o fêugo de quelli êuggi biricchin?

ti no veddi che tûtto me reciûmmo

quando, pe caxo, ti m'ê da vixin,

e che quande te parlo mi no fûmmo

pe rispetto do tò bello faccin?

Arba ciù assæ d'ûn drappo de bûgâ

a l'é a tò pelle, e a bocca ûnn-a mescciûa

de læte de corallo e de zuncâ:

a tò carne a l'é fresca, sann-a e dûa...

che paradiso poeite ammalloccâ

sensa camixa, in letto, bella nûa!....

FÊUGGE DE RÊUZA

Comme tûtto a-o mondo passa!

a-o levâ do sô ti é scioia

e a-o tramonto ti é zà passa,

povea rêuza, e speronsia:

presto ven chi fa man bassa

e.... no se ne parla ciù....

comme tûtto a-o mondo passa,

e a bellessa e a zoventù!

E tò fêugge che s'arvivan

innamoæ a-o baxo do sô,

e tò fêugge cäe che impivan

tûtto in gïo l'äja d'ödô,

quelle fêugge che lûxivan,

che brillavan de rozû,

tûtt'assemme croavan, moîvan

sensa vive ûnn-a giornâ:

Croavan, moîvan:.... povee fêugge

spanteghæ chì pe-o sentê,

no gh'é ciù nisciûn chi e vêugge,

ë streppellan tûtti i pê;

no gh'é figgia che e acchêugge

passeggiando in to giardin:....

croavan, moîvan, povee fêugge

visciûe appenn-a ûnn-a mattin!

Coscì e mæ speranse ho visto

in t'ûn attimo andâ via:

Son chì stanco, fûto, tristo,

päo ûn lûmme quando o spia....

Comme tûtto a-o mondo passa,

e a bellessa e a zoventù!

scì, ch'a vegne a fâ man bassa

e..... no se ne parle ciù!....

QUADRETTI DA-O VËO

I

Unn'öa da Zena, manco, e pä lontan

chi sa quante, perché, lì, ti no senti

ni borboggio, ni fô, ni ramaddan,

biciclette, automobili, aççidenti:

ûn palassieto, co-i barcoin che dan

a mëzogiorno: – a casa di manenti

da fianco, ûn pö ciù in zù: de man in man

aggueita d'in sciä porta ûn, dui, treì foenti,

belli, sporchi, descäsi, mëzi nûi,

chêutti da-o sô, con di êuggi mäveggiæ,

pin de salûte, ardii, rosci boffûi:

ma se ti çerchi de fâghe ûnn-a frasca,

de dâghe ûnn-a gaggioâ, coran dä moae,

bella, sann-a e robûsta ponçeviasca.

II.

Bella, sann-a e robûsta, ch'a se ten

l'ûrtimo in scöso e a gh'é conta ûnn-a föa:

sciorte dä stalla con l'odô do fen

o mugogno annojôu da vacca möa:

o majo, comme fan i boîn paisen,

o l'é pe-a villa, e o sappa, o taggia, o pöa;

intanto dä cuxinn-a a-o naso ven

l'ödô do menestron chi é zà in sciä töa:

lê o l'arriva co-a sappa, cö badî,

co-a corba in spalla, e avanti o can chi baja,

e pä ch'o digghe: – a çenna, semmo chì!

stanco frûsto o no va manco all'ostaja:

mangian in paxe e van tûtti a dormî

che lé sûnnôu da poco l'Avemaja.

GOLDONI A ZENA

(1736)

A l'è nasciûa chì, all'ombra da Commenda de Prê,

in faccia a-o nostro bello mâ, sotta a-o nostro çê

limpido e sen che eternamente de lûxe o rie,

ch'o vedde a tûtti tempi viovette e rêuze scioie;

e a l'ëa modesta e cäa giûsto comme a viovetta,

bella comme ûnn-a rêuza: – o nomme? – Nicoletta.

E ûn bello giorno, quande lê meno a se l'aspëta,

tè! che capita a Zena Carlo Goldoni: – ûn Poeta!

Se sa che o Poeta o l'é comme a farfalla: – a cöre

chì e là, pe poi pösâse sorva e fêugge d'ûn fiore.

A farfalla, – Goldoni; – Nicoletta, – ûnn-a sciô....

cöse succede? o solito: – se piaxan, fan l'amô.

L'ëa là de primmaveja, quande brottlsce e ciante,

e pä che a-o mondo tûtto rie, pä che tûtto cante;

quande l'amandoa e o persego son careghi de scioî,

e o ventixêu o ve porta a-o naso mille ödoî,

e ûn pâ d'êuggi ve caccian quæxi de sciamme in sen,

e allöa.... e allöa se brûxa comme ûn mûggio de fen.

Goldoni dä sò casa, dietro a-o teatro Falcon,

o-a vedde, bella, zovena, affacciase a-o barcon;

o-a vedde anchêu, doman, seja, mattin, d'ogni öa,

e quello frûto fresco, matûro o ghe fa göa:

o ven matto pe ûn semplice salûto, pe ûn inchin....

e Veneziann-e tûtte o-e dæiva pe ûn bædin:

o-a vêu, o-a domanda, e passa a malapenn-a ûn mei-ze,

che o se porta a Venezia ûnn-a spozâ zeneize.

Che terno a-o lotto, Poeta! che donna! che moggê!

bella de chêu e de faccia, doçe comme l'amê.

Quante votte doppo ëse stæto piggiôu in gïo,

t'hæ dito in te sò brasse: – me fischian? – me ne rio:

quante votte t'hæ visto Poeta, quelli êuggi cäi,

de Rosaura e Florindo intenerise a-i guai:

quante votte t'hæ dito feliçe: – a mæ scignoa,

Nicoletta – la xe dona de casa soa!

O LÛNAJO NÊUVO

Accattæ o Ciaravalle;
o Lûnajo zeneize
chi no conta de balle:
lê o ve desghêugge, meize
pe meize, o rûmescello
trovando o cäo do fî,
e o ve predixe quello
che deve introvegnî.
Pe quarcosa st'astronomo
a Zena o l'é avvoxôu,
e se o tegne, cäezandolo,
Casamara, o stampôu:
o g'ha ûnn-a çerta cabala
pe ciappâ i ambi e i terni
ch'a l'é botta infallibile...
ve-o dixe Malinverni.
Lê o se sprezûa che o baxo,
che o baxo o fa o dïsette,
(miæ ch'o no parla a caxo)
e o majo... o vintisette;
e sensa tante balle
che l'é o sciûsciantetreì
(che diao d'ûn Ciaravalle)
l'abbaco di spozoeì.
Poi, stento scinn-a a creddila,
che chì d'inverno o neja,
che e rêuze e che i ganêufani
scioiscian de primmaveja,

che a zûgno aviemo spighe

de gran e giornæ cäde,

ûga a settembre e fighe

brigiassotte e rûbade.

Mi in mêzo a-e dotte pagine

dell'almanacco nêuvo,

çerco con tûtta l'anima

quarcosa che no trêuvo:

sæmo feliçi? o ûn fûrmine

pêu dâse ch'o n'accoppe?

sto bonnægia, sto fuccao

o me risponde coppe.

Ma in riva do Bezagno

noî femmose do chêu:

doman andiemo a bagno?

riemmo e gödimmo anchêu:

gh'é sempre in mëzo a-e nuvie

ûn tocchettin de çé,

han sempre ûn fiore i margini

do ciù grammo sentê.

Fasso ûn voto e ûn augûrio

pe tûtte e belle figge:

che dentro l'anno capite

o masccio chi së pigge:

fasso ûn voto e ûn augûrio

pe-i ommi: – che a risorsa

a çercan ne-o travaggio,

no in ti zêughi de Borsa.

E ûn pö de döçe in ûrtimo

pe-o poeta ch'a cantôu:

che no ghe vegne a pëja,

che no ghe manche o sciôu,

che fasse ancon de zimme

o sò vegio tisson,

ch'o trêuve quattro rimme

pe ûnn-a nêuva canson!....

NOVEMBRE

Che tristessa! a-o mæ reciamno

nisciûn quæxi ciù risponde....

creûva e fêugge, secca o rammo,

in te nûvie o sô o s'asconde:

zû da-o çê coverto e basso

ciêuve freido e ûmiditæ;

spesso monta ûn gran neggiasso

sciù da-i sciûmmi, sciù dai riæ.

Cö chêu streito veddo, e sento,

a campagna smorta e nûa,

e m'arriva a sghêuo do vento,

c'ûn sentô de seportûa,

povei morti! a vostra voxe,

ch'a me dixe: – te sovven

de chi dorme sotto a croxe,

chì, in ti campi de Staggen?

Povei morti! cheiti comme

cazze a fêuggia da-o sò rammo;

mi ve ciammo tûtti a nomme,

giorno e nêutte mi ve ciammo:

no me scordo, povei morti,

e bell'öe con voî passæ,

quando, belli zoeni forti,

paiva eterna a nostra stæ.

Comme a-i schêuggi l'onda franze,

(coscì porta a sò natûa)

mi, con l'anima chi cianze,

vegno ä vostra seportûa....

E a mæ voxe a l'é ûn lamento

lungo lungo, sensa fin,

ch'o se perde insemme a-o vento

fra i çipressi e in to mortin.

MADRIGALE

In to bosco e fêugge quando

passa o vento fan: fru-fru!

fa, pë gronde, intorno giando

ä piccionn-a, o cömbo: Uh!-Uh!

Ti t'é a fêuggia, son mi o vento,

ti a piccionn-a, o cömbo mi;

fasso: Uh!-Uh! mi se te sento,

e: Fru-Fru! ti me fæ ti.

Zù pe-o riâ, in te l'äja scûa,

l'ægua a fa comme ûn lamento:

ghe dà o sô pe ûnn-a fissûa.....

l'ægua a canta e a pä d'argento:

sensa ti son fûto e mucco;

canto, brillo, fasso fô

se te veddo, se te tocco:

mi son l'ægua e ti t'é o sô!

CASTELLI IN ÄJA

Soli, mi e ti... scì, giûsto

là, in te crêuze d'Arbâ

soli, mi e ti: – che gûsto

tûtti e tûtto scordâ!...

aveì l'anima pinn-a

de mûxica e d'amô,

sveggiâse ogni mattinn-a

do mæximo savô.

Se tia zù pe ûnn-a crêuza;

in fondo ûnn-a ciassetta,

e tûtta cô de rêuza

ûnn-a palassinetta

bella, allegra, pulita,

fæta d'ûn solo cian.....

vegni con mi, a n'invita,

tegnimose pe man:

ûn giardin con de ciante

che son zà squæxi sciôie;

barcoîn, tûtti a levante:

a pä ûn sciûppon de rie;

e ancon pe dâghe zunta,

pe mettighe do cô,

a malappenn-a o spunta,

l'impe de lûxe o sô:

a quattro passi o mâ,

grosso anchêu, doman carmo:

ûn ödô d'ægua sâ,

gossi, barche in desarmo,

pescoeì co-a pippa a-i denti

sciù pe i schêuggi assoiggiæ,

padroîn de bastimenti,

figgiêu, donne, mainæ,

ûnn-a gexa; ûn convento,

o ciassâ, l'ammiadô,

i bagni, a Salvamento....

ëse pe ûnn'öa pittô,

saveì mette in sciä teja,

c'ûnn-a gran pennellâ,

i schêuggi, l'ægua, a veja,

e tûtto quanto Arbâ!....

Ma cöse diggo?.... Andemmo

tegnindose pe man;

ecco a barchetta, e o remmo,

chi ne portiâ lontan.....

torniemo ä palassinn-a

tornando e stelle in çê;

mi e ti, – ma ti reginn-a

e mi.... scciavo a-i tò pê.

E VIOVETTE DE MIMÌ

Mimì a no canta ciù, Mimì a no rie:

Secca, giana, co-i êuggi a mëze masche...

ûnn'ombra:.... ah, quelle moen, con quelle die

gianche, nervose!... no fan ciù de frasche:

Mimì a no canta ciù, Mimì a no rie.

A lasciâ o letto, ma pe andâ a Staggen,

scordâ da tûtti: povia cäa passoeta

che riendo ti cantavi coscì ben

a canson dell'amô con o tò poeta,

ti lasciæ o letto, ma pe andâ a Staggen!

A-o poeta e rimme ti ghë davi ti

co-i tò baxi e a tò voxe e co-i tò rissi:

pe lê poexia voeiva dî Mimì,

Mimì con tûtti i sò belli capriççi...

a-o poeta e rimme ti ghë davi ti.

Chì, sto Mazzo passôu, pe sti sentê

mæximi e pe ste ville e pe ste crêuze,

che festa e che allegria, soli, mi e lê,

in mezo a tanto sô, con tante rêuze!

l'êa sto Mazzo, ëan sti mæximi sentê.

Aoa, no gh'é ûnn-a sciô: – Mimì a l'aspëta

due brocche de viovetta: – ogni pittin

c'ûn fî de voxe a ciamma o poeta, e o poeta

o-e çerca là in ti proei, pe-i terrapin

dove gh'é ciù assoiggiôu:.... Mimì a l'aspëta.

O trêuva dö-træ brocche zù de lì

pe ûn zerbo, dove ghe dà ûn pö de sô:

oh, e mæ viovette cäe! – sospïa Mimì –

a-o cädo, in sen, conservan ciù l'ödô...

e a dixe moîndo: son... tûtte de... Mì...

O ROSCIGNÊU

O CROVO E O MERLO   91

Cantâva o roscignêu: – l'è o roscignêu

(e chi nö sa?) ûn tenorin de grazia:

stavan tûtti a sentî: nisciûn se sazia

de quello canto chi va drito a-o chêu:

Cazzan e notte d'ôu, a ûnn-a a ûnn-a,

limpide comme l'ægua de vivagna:

bello sentîle in mëzo da campagna,

soli, de nêutte, quande lûxe a lûnn-a:

o l'é pë oëge ûn gûsto e ûnn-a demöa

quello canto farçio de sentimento;

e se dixe inscemîi da-o gödimento:

ma cöse diascoa o g'ha dunque in ta göa?

Son lägrime ste notte? son strionezzi?

sfêughi d'ûn chêu chi sccioppa dä pascion?

nisciûn pêu dîlo: – son quello che son….

sospii, lamenti, lägrime, gorghezzi.

Ma basta: repiggemmo o nostro cavo:

dunque cantâva o roscignêu; ma i atri

öxelli stavan sitti, comme a-i teatri

o pûbblico se gh'é ûn artista bravo.

O tordo, o merlo, a lodöa cö sî-sî,

a passoa cö frenguello e co-a cardaenn-a,

imbägiae divan; per die Sampêdaenn-a!

queste son perle cheite in t'ûn baçî:

o riâ, ch'o va in ti sasci a rûbatton,

pä ch'o çerche de fâ meno rumô,

e o vento pä ch'o fasse meno fô...

impe o bosco a belliscima canson.

Ma ûn crovo, - ûn crovo neigro comme a peixe -

pin de lê comme tûtti i scemmelen,

o dixe: e mi?.... no canto mi ascì ben?

(o presûmî dove o va a mette e reixe !)

ho ûnn-a voxe, ho ûnn-a göa comme lê o l'ha,

lê portôu ai sette çe, in parma de man....

e sensa manco dîse: amannaman!

o l'arve o becco e o sbraggia: crà... crà... crà...

Frusciôu l'atro o no termina a romansa:

piggia anscia o crovo sempre ciù: crà... crà...

ghe sbraggian tûtti: ä porta!... sitto!... va

via!.. cose gh'é? - t'hae miga i doî de pansa?

chi co l'é sto sciollo che de fâ o s'arrischia

sto bosco de baccan? - portaelo a Paxo....

ûn merlo, in mëzo a tûtto sto ravaxo,

da ûn bûsco lì vixin, o fischia.... o fischia....